Leserabe
1. Lesestufe

Katja Reider

Detektivgeschichten zum Mitraten

Mit Bildern von Marijke ten Cate

Ravensburger Buchverlag

Bibliografische Information der Deutschen Nationalbibliothek:

Die Deutsche Nationalbibliothek verzeichnet diese Publikation
in der Deutschen Nationalbibliografie.
Detaillierte bibliografische Daten sind im Internet
über **http://dnb.d-nb.de** abrufbar.

5 6 7 12 11 10

Ravensburger Leserabe

Umschlagbild: Marijke ten Cate
Umschlagkonzeption: Sabine Reddig
Redaktion: Marion Diwyak
Printed in Germany
ISBN 978-3-473-36179-3

www.ravensburger.de
www.leserabe.de

Inhalt

Verräterische Federn

Heute feiert die Klasse 2b Fasching.
Til geht als Indianer.
„Du hast ja
einen tollen Kopfschmuck!“,
sagt Jannis bewundernd.
„Aus echten Federn“, erklärt Til.

Jule kichert.

„Geh mir bloß aus dem Weg, Til!

Bei Federn muss ich immer niesen.

Und Jannis auch!

Oh, schaut mal,

wie lustig Moritz verkleidet ist!“

Moritz geht als Bäcker.
Er trägt eine Kochmütze,
eine weiße Schürze –
und eine echte Sahnetorte!
Hmm… die sieht ja lecker aus!

Aber jetzt wird erst mal gespielt.
Es gibt einen Hindernis-Lauf
quer über den Schulhof – super!

Endlich geht es zurück in die Klasse.
„Jetzt essen wir die Torte!“, kräht Til.

„Au ja!“, rufen alle.
Aber die Torte ist verschwunden!

Einfach geklaut –
Frechheit!
Ob die 2a den Dieb beobachtet hat?
Schon stürmen die Kinder
nach nebenan.

Tatsächlich:
„Ich habe einen Indianer
mit einer Sahnetorte gesehen!“,
meldet Jurek, der Klassensprecher.

Einen Indianer?! –
Sofort schauen alle auf Til.

Aber der schüttelt den Kopf.
„Ich habe meinen Kopfschmuck
im Flur gelassen.
Den kann jeder getragen haben.
Hey, wo ist eigentlich Jannis?"
Ah, da kommt er ja!

„Hallo, ihr alle!“, ruft Jannis.
„Ich … ha-ha-haatschi!“
„Jetzt ist mir alles klar!“, ruft Til.
„Jannis hat die Torte geklaut!“

„Wieso geklaut?“, lacht Jannis.
„Ich habe sie in die Küche gestellt.“
„Ach sooo …“, lachen alle.

Jannis überlegt.
„Aber eins interessiert mich jetzt:
Woher wusste Til,
dass ich der ‚Torten-Dieb‘ war?“

Eiskalte Lüge

„Schaut mal, Mädels!"
Stolz wedelt Lotti
mit ihrer neuen Geldbörse.

„Mein Geburtstagsgeschenk von Oma!
Mit dreißig Euro drin. – Toll, oder?
Heute lade ich euch zum Eis ein."

„Au ja!“ Marie und Helena jubeln.
„Kommt, wir gehen zu ‚Il Gelato‘!
Da gibt es das beste Erdbeer-Eis
der ganzen Stadt!“

„Dreimal Erdbeer mit Sahne, bitte!“,
bestellt Lotti.
Die Kellnerin nickt.

Kurz darauf stehen die Eisbecher
auf dem Tisch.

Hmm… schmeckt das Eis lecker!
Viel zu schnell sind
die drei Becher ausgelöffelt.
Lotti bezahlt.

Dann schaut sie auf ihren Rock.
Oje, ein dicker Erdbeer-Fleck!

Lotti läuft in den Waschraum,
um den Fleck auszuwaschen.

Dann schlendern die Freundinnen weiter.
Doch plötzlich bleibt Lotti stehen.
„Oh nein!!!“, ruft sie erschrocken.

„Ich habe meine Geldbörse vergessen!
Auf der Ablage im Waschraum.
Schnell, wir müssen zurück!"
Lotti rennt voraus.
Aber die Geldbörse ist nicht mehr da.

Vielleicht weiß ja die Kellnerin etwas?
„Haben Sie meine Geldbörse gefunden?“,
fragt Lotti.

Die Kellnerin schüttelt den Kopf.
„Im Waschraum war sie nicht!“, erklärt sie.
„Tut mir leid!“

Kaum sind die Mädchen draußen,
flüstert Helena Lotti aufgeregt etwas zu.
„Da stimmt was nicht!
Ich muss noch mal zu ‚Il Gelato‘!
Aber diesmal mit Papa!“, ruft Lotti.

Und tatsächlich:

Lotti bekommt ihre Geldbörse zurück.

Wie hat sie den Dieb wohl überführt?

Aufregung bei der Pyjama-Party

„Eine Einladung zur Pyjama-Party?!“,
strahlt Leon.
„Danke, Caro! Ich bin dabei!“

„Bea und Julian kommen auch“,
sagt Caro.
„Mehr durfte ich nicht einladen.“

„Ihr habt ja auch nicht viel Platz“,
sagt Leon.
„Das versteht doch jeder.“
„Leider nicht“, seufzt Caro.
„Schau, wie sauer Arifa und Max sind,
weil ich sie nicht eingeladen habe!“

„Mach dir nichts draus!“, tröstet Leon.
„Die beiden beruhigen sich schon wieder.
Sollen wir etwas mitbringen?“
Caro lacht: „Pyjama und Zahnbürste!“

Die Party wird ein voller Erfolg:
Zuerst bauen die Kinder
ihr Betten-Lager auf.

Caros Mama serviert Kakao
und frische Waffeln mit Sahne.
Dann gibt's eine Kissenschlacht.

Es ist schon sehr spät,
als endlich alle einschlafen.

R-r-r-ring!!! Nanu – das Telefon!
Verschlafen greift Caro zum Hörer.
Aber niemand meldet sich.

Als Caro wieder eindämmert,
klingelt es noch einmal.
Jetzt sind alle wach – und genervt.

„Jemand will uns ärgern, oder?!“,
meint Bea gähnend.
Die anderen nicken.

Da klingelt es erneut.
Diesmal geht Leon an den Apparat.
Wieder meldet sich niemand.
Nur das Läuten einer Glocke
ist zu hören.

Da schnauzt Leon plötzlich los:
„Max, hör sofort auf damit!
Sonst gibt's Ärger!"

Den Rest der Nacht bleibt es ruhig.
Aber woher wusste Leon,
dass Max der Störenfried war?

Einbruch am Mittag

Jeden Mittag holt Henri seine Mutter
in ihrem Juwelier-Geschäft ab.
Die beiden essen zusammen.
Danach arbeitet Mama weiter
und Henri macht Hausaufgaben.

„Gehen wir in die Pizzeria?“,
fragt Henri heute.

„Einverstanden!“, lächelt Mama.
„Schau, die Sonne scheint!
Wir können sogar draußen sitzen!“

Mama bestellt Spaghetti
und Henri eine leckere Pizza.

Aber plötzlich ziehen dicke Wolken auf.
Schon fallen die ersten Regentropfen.
Schade, jetzt müssen sie drinnen essen!

Dann geht es im Laufschritt zurück.
Gut, dass Mamas Geschäft so nah ist!

Aber – oje! – was ist denn da passiert?
Jemand hat die Tür aufgebrochen!
„Die Goldkette ist weg!“, ruft Mama.
„Sie lag eben noch neben der Kasse!“

Während Mama die Polizei ruft,
stürmt Herr Kroll
vom Laden nebenan herein.

„Ein Einbruch?“, fragt er aufgeregt.
„Leider habe ich nichts bemerkt.
Ich bin selber gerade erst gekommen.“

Herr Kroll schaut nach draußen.
„Oh, dieser Regen!
Ich muss mein Auto-Verdeck schließen!
Bin gleich wieder da!“

Henri blickt ihm nachdenklich hinterher.
„Du Mama, ich glaube,
Herr Kroll ist der Einbrecher.
Zumindest hat er eben voll gelogen!“

Eine Stunde später
ist die Kette wieder da.
Und die Polizei führt Herrn Kroll ab.

Aber wie ist ihm Henri
nur auf die Spur gekommen?

Lösungen

Verräterische Federn

Sein ‚Hatschi' hat Jannis verraten!
Während er die Torte wegbringt,
probiert er Tils Kopfschmuck aus.
Federn aber lösen bei ihm Niesen aus,
wie Jule ja vorher erzählt hat.

Eiskalte Lüge

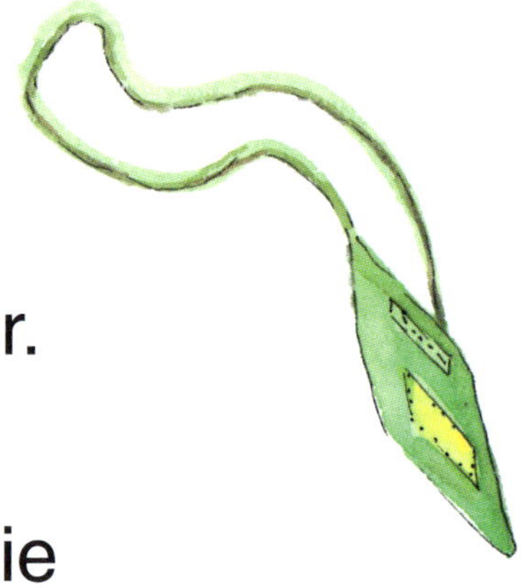

Die Kellnerin erklärt,
dass die Geldbörse
nicht im Waschraum war.
Lotti hat ihr aber vorher
gar nicht gesagt, dass sie
die Börse dort vergessen hat.
Außerdem macht Helena
auf Seite 19 unten eine Entdeckung.

Aufregung bei der Pyjama-Party

Leon hört durchs Telefon
das Läuten einer Glocke –
und Max wohnt direkt neben der Kirche,
wie auf Seite 24 zu sehen ist.

Einbruch am Mittag

Wäre Herr Kroll wirklich
„gerade erst gekommen“,

wie er behauptet,
wäre er sicher nicht
mit offenem Verdeck gefahren.
Schließlich regnet es!
Für seine Lüge muss es also
einen Grund geben …

Katja Reider, geboren 1960, arbeitete nach ihrem Studium mehrere Jahre als Pressesprecherin eines großen Jugendwettbewerbs. Seit der Geburt ihrer beiden Kinder purzeln ihr ständig Geschichten aus dem Ärmel, die sie nur einzusammeln braucht ...
So hat sie inzwischen zahlreiche Kinder- und Jugendbücher veröffentlicht. Katja Reider lebt mit ihrer Familie in Hamburg. Weitere Informationen findet ihr unter www.katjareider.de.

Marijke ten Cate ist Holländerin und wurde 1974 in Stavoren, Niederlande, geboren. Sie besuchte die Kunstakademie und veröffentlichte 1998 ihr erstes Buch. Mittlerweile sind in den Niederlanden schon über 30 Bücher von ihr erschienen, für den Leseraben hat sie bereits die „Schulgeschichten“ illustriert.

Leserätsel

mit dem Leseraben

Super, du hast das ganze Buch geschafft! Hast du die Geschichten ganz genau gelesen? Der Leserabe hat sich ein paar spannende Rätsel für echte Lese-Detektive ausgedacht. Mal sehen, ob du die Fragen beantworten kannst. Wenn nicht, lies einfach noch mal auf den Seiten nach. Wenn du die richtigen Antwortbuchstaben in die Kästchen auf Seite 42 eingesetzt hast, bekommst du das Lösungswort.

Fragen zu den Geschichten

1. Was spielen die Kinder, bevor sie Torte essen? (Seite 7)

O: Sie spielen Fußball.

R: Sie machen einen Hindernis-Lauf.

2. Warum gehen Lotti, Marie und Helena zu ‚Il Gelato‘? (Seite 14)

R: Weil es dort das beste Erdbeer-Eis gibt.

S: Weil das Eis dort so günstig ist.

3. Was sagt die Kellnerin, als Lotti fragt, ob sie die Geldbörse gesehen hat? (Seite 19)

N: „Im Waschraum war sie nicht!“

M: „Sie war nicht auf dem Tisch!“

4. Warum sind Arifa und Max sauer? (Seite 23)

A: Weil Caro sie nicht zur Party eingeladen hat.

B: Weil Leon ihnen einen Streich gespielt hat.

5. Was ist während der Mittagszeit passiert? (Seite 33)

D: Jemand hat das Auto gestohlen.

E: Jemand hat die Goldkette gestohlen.

Lösungswort:

S	1	Ü	2	3	4	S	5

Rabenpost

Super, alles richtig gemacht! Jetzt wird es Zeit für die RABENPOST.
Schicke dem LESERABEN einfach eine Karte mit dem richtigen Lösungswort. Oder schreib eine E-Mail. Wir verlosen jeden Monat 10 Buchpakete unter den Einsendern!

An den LESERABEN
RABENPOST
Postfach 20 07
88 190 Ravensburg
Deutschland

leserabe@ravensburger.de
Besuch mich doch auf meiner Webseite:
www.leserabe.de